JEPHTÉ,

TRAGEDIE,

Tirée de l'Ecriture Sainte;

REPRÉSENTÉE
POUR LA PREMIERE FOIS,
PAR L'ACADEMIE ROYALE
DE MUSIQUE;

Le Mardy quatriéme jour de Mars 1732.

DE L'IMPRIMERIE
De JEAN-BAPTISTE-CHRISTOPHE BALLARD,
Seul Imprimeur du Roy, & de l'Académie Royale de Musique.

M. DCCXXXII.
AVEC PRIVILEGE DU ROY.
LE PRIX EST DE XXX. SOLS.

PRÉFACE.

CE n'a pas été fans trembler, que j'ay entrepris de mettre fur le Theâtre de l'Academie Royale de Mufique, un Sujet tiré de l'Ecriture Sainte : Des Amis judicieux avoient beau me repréfenter que ce genre de Tragedie n'étoit nouveau que par rapport au lieu où j'allois l'introduire, & que ces Matieres refpectables étoient encore plus propres au Chant qu'à la fimple déclamation ; j'avois la prévention à combattre : Et la prévention ne fe donne pas la peine de raifonner.

Ceux qui fe livroient le plus à cette premiere furprife qui fait condamner aveuglément tout ce qui porte un caractere de nouveauté, ou de hardieffe, me faifoient fur tout, un monftre de la Danfe : Tout cela ne m'empefcha point d'affronter le peril ; la gloire qui y étoit attachée le diminuoit à mes yeux, à mefure que j'avançois dans une fi penible carriere.

Mon Ouvrage parût enfin. Les premiers Juges à qui je le prefentay, tout informe qu'il étoit encore, me loüerent d'avoir choifi un Sujet auffi intereffant que le Sacrifice de JEPHTE'; & les larmes qu'une grande Princeffe * répandit à une lecture qu'Elle m'avoit fait l'honneur de me demander, acheverent de me raffurer.

Quelques autres lectures que j'en fis après ne furent pas moins heureufes, & me firent concevoir quelque efperance de fuccès. C'eft maintenant au Public de confirmer cette efperance, ou de la renverfer. Je n'appelleray point de fa décifion ; Mais, je croy que mes Juges voudront bien me permettre de leur expofer ma Caufe, fans toutefois m'imputer aucune défiance fur la fûreté de leurs lumieres.

Je ne diray rien du Prologue, les fuffrages réunis de ceux à qui j'en ay communiqué le plan me difpenfent de l'apologie.

* S. A. S. Madame la Ducheffe DU MAINE.

Les libertez que j'ay prises dans la Tragedie, demandent plus d'indulgence ; l'Episode d'Ammon peut exciter quelque contradiction ; mais je n'ay pas osé bannir tout-à-fait l'amour profane d'un Theâtre, qui semble n'être fait que pour cette passion frivole. Le grand Corneille ne fut pas moins timide que moy, quand il exposa pour la premiere fois, une Tragedie Sainte aux yeux du Public étonné ; & Severe amoureux eût autant de Partisans, que Polieucte martyr.

L'amour que je donne à la Fille de Jephté pour un Prince idolâtre est justement puny par le peril dont elle est menacée, & ce n'est qu'après en avoir triomphé, qu'elle trouve grace devant le Seigneur.

J'établis dès la seconde Scene du premier Acte, que Jephté n'a vû Iphise que dans l'âge le plus tendre, pour me ménager une Scene de reconnoissance.

C'est icy le lieu de répondre à une Objection qu'on m'a faite. Pourquoy, ma-t'on dit, Iphise dans l'entre-Acte du Second au Troisiéme, ne s'est-t-elle pas annoncée à son Pere ?

Je réponds à cela, que la bienséance ne luy permettoit pas de se faire connoître à Jephté, sans luy être presentée par Almasie sa Mere, & c'est pour cette raison que je luy fais dire dans un *à parte*, qui finit le second Acte: C'est à Dieu qu'elle s'adresse :

Je ne puis resister à mon impatience.
Seigneur, un seul moment, je ne veux que le voir,
Et je vole où m'appelle un plus sacré devoir.

C'est-à-dire au Temple, où sa Mere l'a devancée.

Voicy une seconde réponse à la même Objection.

Jephté, agité de remords à la premiere vûë de sa Victime, qu'il ne connoît pas ; Ordonne à tout le monde de se retirer ; n'est-ce pas à sa Fille à donner l'exemple de l'obéïssance qu'on doit aux ordres de son Souverain ?

Je conviens qu'il n'auroit tenu qu'à moy de placer la reconnoissance à la fin du second Acte ; mais j'ay crains de le surcharger de Scenes. Il y a une certaine mesure de temps, dans laquelle un Auteur doit se renfermer, s'il ne veut s'exposer à ennuyer les Spectateurs.

Pour ce qui regarde le Ballet, dont on me faifoit un obftacle infurmontable, je ne comprens pas fur quoy on pouvoit fe fonder, pour l'exclure de ma Tragedie. L'Art de danfer n'eft-il pas de tous les temps? & ne convient-il pas à tous les Peuples? La Nation Juifve ne s'y adonnoit-elle pas autant que toutes les autres? David, le plus Saint des Roys, ne danfa-t-il pas devant l'Arche du Seigneur, comme font mes Guerriers dans mon premier Acte? La Fille de Jephté n'alla-t-elle pas au devant de fon Pere, Vainqueur des Ammonites, avec des Tambourins & des Danfes? Ce font-là les propres termes de la Sainte Ecriture. Peut-on me blâmer d'y avoir pris la Fête de mon fecond Acte? Pouvois-je mieux être authorifé? Les Tribus d'Ifraël, reconnoiffant Jephté pour leur Souverain, peuvent-elles marquer avec plus d'éclat les acclamations generales, que par ces mêmes Danfes, qui, chez d'autres Peuples, ont été des Céremonies de Religion. Je ne dis rien de la Fête du quatriéme Acte; Elle eft compofée de Bergers & de Bergeres, qui viennent rendre hommage à leur Princeffe: Quoy de plus naturel que leurs Danfes paftorales? Au refte, on a pris foin d'en bannir l'indécence; & je ne crois pas que les plus féveres Cenfeurs en puiffent demander davantage.

Ce qui me refte à juftifier dans ma Piece, c'eft le party que j'ay pris de fauver la Fille de Jephté: Mais combien d'Interprêtes, tant Juifs que Chrétiens, ne font-ils pas du fentiment, que j'ay adopté, comme le plus favorable à ma Tragedie. D'ailleurs, l'infpiration que je donne à Phinée, ne fuffit-elle pas pour abfoudre ce malheureux Pere, d'un ferment qu'il n'a fait que par trop de zele? C'eft Dieu même qui le quitte de fon Vœu, en faveur du repentir de fa Fille; & qui fait dire à fon Grand-Prêtre:

> *Le Dieu que nous fervons rejette un facrifice*
> *Où le Sang humain doit couler;*
> *Au pied de fes Autels, pour le rendre propice,*
> *C'eft à nos cœurs à s'immoler.*

꘎

ACTE V.　Scenes Premiere & Seconde, *Retranchées.*

PERSONNAGES
DU PROLOGUE.

A POLLON,	Monſieur Dun.
A POLHYMNIE,	Mlle. Mignier.
TERPSICORE,	Mlle. Dun.
VENUS.	Mlle. Petitpas.

Troupe de Divinitez fabuleuſes.
Troupe de Peuples.

LA VERITE',	Mlle. Eermans.

VERTUS , *de la ſuite de la Verité.*

La Scene eſt ſur le Theâtre de l'Academie Royale
de Muſique.

DIVERTISSEMENT
DU PROLOGUE.
SUIVANTS ET SUIVANTES
de Terpſicore ;

Meſſieurs Bontemps , Matignon , Dupré , Dumay,
Hamoche.

Meſdemoiſelles Lamartiniere , Feret , Durocher,
Thybert , Rabon.

PROLOGUE.

Le Théâtre représente un Lieu destiné pour des
Spectacles ; Toutes les Divinitez fabuleuses
y sont assemblées.
APOLLON, POLHYMNIE & TERPSICORE,
s'avancent sur le devant du Théâtre.

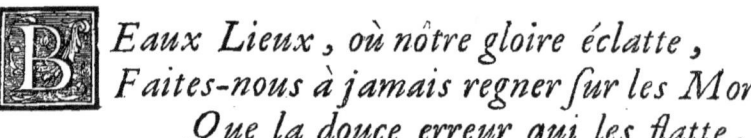

SCENE PREMIERE.

CHOEUR.

Beaux Lieux, où nôtre gloire éclatte,
Faites-nous à jamais regner sur les Mortels ;
Que la douce erreur qui les flatte,
Dans leurs cœurs enchantez, nous dresse des Autels.

APOLLON.

Vous, qu'avec Apollon en ces lieux on adore,
Sçavante Polhymnie, aimable Terpsicore ;
Par vos chants, par vos jeux, secondez mes desirs ;
Ce Temple seul nous reste encore ;
Faisons-y regner les plaisirs.

PROLOGUE.

APOLLON, POLHYMNIE, ET TERPSICORE.

Qu'à nos juftes vœux tout réponde ;
Mortels, accourez en ces lieux ;
Le foin le plus preffant des Dieux,
C'eft la felicité du monde.

SCENE II.

Les Peuples s'affemblent pour voir le nouveau fpe-
ctacle, TERPSICORE & fa Suite danfent.

VENUS.

Riez fans ceffe
Pendant la jeuneffe ;
Que la Raifon
Attende fa faifon.

CHOEUR.

Rions fans ceffe, &c.

VENUS.

Non, le bel âge
N'eft pas fait pour être fage ;
Suivez vos defirs ;
Livrez-vous aux plaifirs.

CHOEUR.

Non ; le bel âge
N'eft pas fait pour être fage ;
Suivons nos defirs ;
Livrons-nous aux plaifirs.   On danfe.

VENUS.

VENUS.

Dans ces beaux lieux, on ne respire
Que les plaisirs, les ris, les jeux ;
L'Amour y tient son doux empire ;
Soyez heureux ;
Il prévient vos vœux.

CHOEUR.

Dans ces beaux lieux, on ne respire, &c.

VENUS.

Ce Dieu charmant semble vous dire
Que tous vos ans
Ne font qu'un Printemps ;
Ne faut-il pas chanter & rire,
Pendant le cours des plus beaux jours ?

CHOEUR.

Ce Dieu charmant semble nous dire, &c.

Aprés les danses, on entend une douce Symphonie.

APOLLON , POLHYMNIE , TERPSICORE.

De quels nouveaux Concerts ces voutes retentissent !
Nos chants font moins harmonieux ;
D'où vient que ces lieux s'obscurcissent ?
Quel éclat fait briller les Cieux !

Le Théâtre s'obscurcit, à mesure que le Ceintre s'éclaire.

LA VERITE' & les VERTUS qui l'accompagnent,
descendent du Ciel dans une gloire, au bruit d'une
Symphonie harmonieuse.

SCENE III.

LA VERITE', les Vertus qui l'accompagnent,
Et les Acteurs de la Scene précédente.

LA VERITE'.

FAntômes féduifants, Enfants de l'impofture,
Ofez-vous foûtenir ma clarté vive & pure?
Cachez-vous dans l'obfcurité,
Où mon brillant afpect vous plonge;
Il eft temps que la Verité
Faffe évanoüir le Menfonge:
C'eft trop abufer l'Univers;
Rentrez dans les Enfers.

CHOEUR de Divinitez fabuleufes.

Nous bannir de ces lieux! quel mépris! quel outrage!

LA VERITE'.
Obeiffez.

CHOEUR
O defefpoir! ô rage!

Les Divinitez fabuleufes s'abîment.

SCENE IV.

LA VERITE', & sa Suite.

LA VERITE'.

*T*Roupe immortelle comme moy,
Vertus, ornez ces lieux pour un nouveau Spectacle;
Annoncez aux Mortels la redoutable loy,
   Du Dieu seul dont je suis l'oracle:
Retirez du tombeau, le malheureux Jephté,
   Rapellez son vœu témeraire;
  Au soin d'instruire, adjoûtez l'art de plaire;
Vous pouvez adoucir vôtre severité.
   Mais, qu'aucun faux-brillant n'altere
   La splendeur de la verité.

CHOEUR.

  Triomphez, Verité constante,
  Regnez à jamais en ces lieux;
Dispensez aux Mortels la lumiere éclatante,
  Que vous leur apportez des Cieux.

LA VERITE'.

Un Roy qui me chérit dès l'âge le plus tendre,
Fait son unique soin de marcher sur mes pas:
   Il veut qu'en ces heureux climats,
   Ma seule voix se fasse entendre.

PROLOGUE.

Qu'il triomphe par moy, quand je regne par luy ;
Que la Terre, le Ciel, qu'à l'envy tout conspire
A faire fleurir un Empire
Dont je suis le plus ferme appuy.

CHŒUR.

Triomphez, Verité constante ;
Regnez à jamais en ces lieux ;
Dispensez aux Mortels la lumiere éclatante
Que vous leur apportez des Cieux.

FIN DU PROLOGUE.

ACTEURS

DE LA TRAGEDIE.

JEPHTE', *Prince de Galaad,*
   Chef des Hebreux,   M^r. Chaffé.

PHINE'E, *Grand-Prêtre,*   M^r. Dun.

AMMON, *Prince Ammonite,*
   Prifonnier,   M^r. Tribou.

ALMASIE, *Femme de Jephté,*   Mlle. Antier.

IPHISE, *Fille de Jephté &*
   d'Almafie,   Mlle. Lemaure.

ELISE, *Suivante d'Iphife,*   Mlle. Petitpas.

ABDON, *Confident de Jephté,*   M^r. Dumaft.

ABNER, *Confident d'Ammon,*   M^r. Goujet.

Troupe de Guerriers, de Prêtres &
   de Levites.

UN HEBREUX,   M^r. Dumaft.

Troupe d'Habitants de Mafpha,
Chefs de Tribus.

UN HABITANT,   M^r. Gouget.

UNE HABITANTE,
UNE BERGERE,   } Mlle. Petitpas.
UNE ISRAELITE,

Troupe de Bergers, de Bergeres, & de Compagnes
   *d'*IPHISE.

La Scene eft à Mafpha, Capitale de Galaad.

ACTEURS DANSANTS
DE LA TRAGEDIE.

PREMIER ACTE.
GUERRIERS;

Monſieur Laval;

Meſſieurs Savar, Javilliers, Dumay, Dupré,
Bontemps, Matignon, Dangeville, P-Dumoulin.

SECOND ACTE.
ISRAELITES;

Monſieur Malter-C.;

Mademoiſelle Camargo;

Meſſieurs Malter-L., F-Dumoulin, Dangeville,
P-Dumoulin.

Meſdemoiſelles Thybert, Durocher, Feret, Favre.

TROISIEME ACTE.

CHEFS DE TRIBUS;

Monsieur D-Dumoulin;

Messieurs Javilliers, Savar, Dupré, Dumay.

Mesdemoiselles Durocher, Richalet, Rabon,
Carville, Lamartiniere.

QUATRIEME ACTE.

BERGERS ET BERGERES;

Mademoiselle Sallé;

Messieurs Javilliers, Dupré, Malter-L., Hamoche.

Mesdemoiselles Richalet, Feret, Thybert.

Mesdemoiselles Durocher, Carville, Lamartiniere,
Favre.

Acteurs & Actrices Chantants dans tous les Chœurs du Prologue & de la Tragedie.

CÔTE' DU ROY.   CÔTE' DE LA REINE.

Mesdemoiselles	*Messieurs*	*Mesdemoiselles*	*Messieurs*
Dun.	Dun-Pere.	Antier-C.	Le Myre.
	Flamand.		Morand.
Cartou.	S. Martin.	Tettelette.	Deferre.
Lavallée.	Goujet.	Charlard.	Plet.
	Lefevre.		Bourdois.
Campourcy.	Marcelet.	Delorge.	Dautrep.
	Deshais.		Lafalle.
Gaumenil.	Bufeau.	Sabatier.	Beffon.
	Dupleffis.		Duchefne.
Chaufelet.	Combault.	Ducoudray.	Houbault.
	Bornet.	Defaigles.	

JEPHTE'.

JEPHTÉ,

TRAGEDIE,
Tirée de l'Ecriture Sainte.

ACTE PREMIER.

Le Theâtre repréfente le Camp des Ifraëlites en deçà du Jourdain. On découvre les Tentes des Ammonites au-delà du même Fleuve. On voit les murs de Mafpha, au pied defquels l'Armée Ifraëlite eft campée.

SCENE PREMIERE.
JEPHTE'.

R*ivages du Jourdain, où le Ciel m'a fait naître,*
Heureux, & mille fois heureux
Le jour qui vous rend à mes vœux !
Lieux cheris, c'eft donc vous qu'enfin je vois paraître
Après un exil rigoureux ?
Rivages du Jourdain, &c.

A

Mais quel affreux spectacle
Vient frapper mes regards !
Les Ennemis de Dieu, sans crainte, sans obstacle,
Sur ces bords malheureux plantent leurs étendarts :
Que dis-je ? tout perit sur ces sanglantes Rives ;
Je voy, de toutes parts nos Peuples dispersez ;
Sous des Dieux étrangers nos Tribus sont captives ;
Nos saints Autels sont renversez !

SCENE II.

JEPHTE', ABDON.

A B D O N.

SEigneur, nôtre mortelle crainte
Fait place à l'espoir le plus doux ;
Bientôt, dans vôtre Camp, vous verrez l'Arche sainte.

J E P H T E'.

O Ciel ! la Victoire est à nous.
Après le plus mortel outrage,
Pour mon bonheur, tout semble enfin s'unir.
Tu sçais trop avec quelle rage
Des lieux de ma naissance on osa me bannir ;
Il fallut obéir sans pouvoir m'en défendre :
Heureux, si ma Famille eût pû suivre mes pas !
Mais l'amour Paternel ne me le permit pas ;
Ma Fille étoit encor dans un âge trop tendre.

ABDON.

La gloire de vôtre retour
Repare toutes vos disgraces ;
Israël opprimé vous rappelle en ce jour ;
Ses nombreuses Tribus vont marcher sur vos traces ;
La gloire de vôtre retour
Repare toutes vos disgraces :
Mais pourquoy dans ces lieux refusez-vous de voir
Et vôtre Epouse & vôtre Fille ?

JEPHTE'.

La gloire du Seigneur fait mon premier devoir,
Nos Tribus, mes Soldats font toute ma Famille.

ABDON.

Quoy ? l'amour, ny le sang ne peut vous émouvoir !

JEPHTE'.

Dis plûtôt que je me défie
D'un cœur trop prompt à s'attendrir ?
Non, je ne veux rien voir qui m'attache à la vie,
Quand pour sauver mon Peuple, il faut vaincre ou
mourir.
On vient, j'apperçoy le Grand Prêtre ;
Assemble nos Guerriers ; cours, l'Arche va paraître.

✳✳✳✳✳✳✳✳✳✳✳✳✳✳✳✳✳✳✳✳✳✳✳✳✳✳✳✳✳✳✳✳✳✳✳

S C E N E I I I.

J E P H T E', P H I N E'E.

P H I N E'E.

JEphté, tout Iſraël va fléchir ſous vos loix ,
Et la voix du Seigneur confirme nôtre choix.

J E P H T E'.

Dieu deſcend juſqu'à moy du Trône de ſa gloire !
Que ſuis-je devant l'Eternel !
Se peut-il qu'un foible Mortel
Un ſeul moment occupe ſa memoire ?

P H I N E'E.

Il fait bien plus pour vous , on oſe l'outrager ;
Il vous choiſit pour le vanger.
La Tribu d'Ephraim à ſes loix eſt rebelle ;
Un Ammonite audacieux
L'invite à ſe ranger du party de ſes Dieux.

J E P H T E'.

Ah ! que plûtôt cent fois… nommez-moy l'Infidelle.

P H I N E'E.

Ammon.

J E P H T E'.

Qu'entends-je ? Ammon ! Ce Fils du Roy cruel
Qui déſole tout Iſraël !

Quoy ? tout captif qu'il eſt , il rallume la guerre !
Eveille-toy , Dieu des Hebreux :
Périſſe un ſang ſi malheureux ;
Hâte-toy d'en purger la Terre.

E N S E M B L E.

Vien ; répands le trouble & l'effroy
Sur les ennemis de ta gloire :
Dieu des Combats , remporte la Victoire ;
Que la mort vole devant toy.

SCENE IV.

JEPHTE', PHINE'E, Troupe de Guerriers.

PHINE'E.

Guerriers, l'Arche terrible à vos yeux va paraître;
    Soyez saisis d'un saint effroy;
De la Terre & des Cieux le redoutable Maître
Dans son auguste sein a déposé sa loy;
    Il y prononce ses oracles;
    Il y fait briller ses miracles.

    O gloire, ô force d'Israël,
    Ranime nôtre confiance;
    Confirme à jamais l'alliance
    Qui nous unit à l'Eternel.

CHOEUR.

O gloire, &c.

JEPHTE' & PHINE'E.

    Ennemis du Maître suprême,
    Redoutez son couroux vangeur,
    La Terre, l'Enfer, le Ciel même,
    Tout tremble devant le Seigneur.

TRAGEDIE.

CHOEUR.

La Terre, l'Enfer, le Ciel même ;
Tout tremble devant le Seigneur.

JEPHTE' & PHINE'E.

Le Jourdain retourne en arriere ;
Le Soleil suspend sa carriere ;
La Mer désarme sa fureur
En faveur d'un Peuple qu'il aime.

CHOEUR.

La Terre, &c.

JEPHTE' & PHINE'E.

La bruyante Trompette, à l'egal du tonnerre,
Brise les murs d'airain, jette les tours par terre ;
Et déclare Israël vainqueur ;
Elle va porter la terreur
Chez l'Idolâtre qui blasphême.

CHOEUR.

La Terre, &c.

Bruit de Trompettes.

PHINE'E.

Mais, la sainte Trompette sonne ;
L'Arche s'approche ; que tout frissonne.
Je la voy, détournez vos prophanes regards.

On voit descendre une nuë lumineuse, qui dérobe l'Arche sainte aux yeux des Israëlites, comme il arriva au temps de Moyse.

Quel nuage éclatant descend & l'environne ;
La gloire du Seigneur brille de toutes parts.

SCENE V.

JEPHTE', PHINE'E , Troupe de Guerriers,
de Prêtres & de Lévites.

PHINE'E.

BAnnissez l'effroy qui vous presse;
Le Ciel va combler vos desirs:
Livrez vos cœurs à d'innocents plaisirs;
Faites-tous éclater une sainte allegresse.

On danse.

Un doux espoir vous est permis,
Ranimez vôtre ardeur guerriere;
Marchez, courez, volez, que tout vous soit soûmis;
Dispersez comme la poussiere
Vos plus superbes Ennemis.

SCENE VI.

SCENE VI.

ABDON, & les Acteurs de la Scene précédente.

ABDON, à JEPHTE'.

SEigneur, nos Ennemis menacent nos rivages,
 Les flots ne sont pour eux que de foibles remparts ;
Fiers de leurs premiers avantages,
Ils nous pressent de toutes parts.
Tout le camp est troublé, tout s'allarme, tout tremble ;
On ne voit plus que Chefs , & que Soldats épars.

JEPHTE', à ABDON.

Ciel ! c'est assez ; allez ; que sous mes étendards
La Trompette sacrée à l'instant les rassemble.

SCENE VII.

JEPHTE'.

QU'ay-je entendu ? tout fuit ! tout est glacé d'effroy !
 Seigneur, arme mon bras de ton pouvoir suprême,
Il y va de ta gloire-même ;
Jephté ne combat que pour toy.
Eh ! quoy ? diroient enfin ces Peuples de la terre,
Chez qui ton nom terrible est cent fois parvenu ?
Ce Dieu si grand, ce Dieu plus craint que le tonnerre,
Ce Dieu des autres Dieux, qu'est-il donc devenu ?

B

Dieu d'Ifraël, Dieu que j'adore,
Ton zele en ce moment m'embrâfe, me dévore.

Grand Dieu! fois attentif au Serment que je fais.
Contre tes Ennemis, fi je foûtiens ta gloire,
Le premier qu'à mes yeux offrira mon Palais
Sera fur tes Autels le prix de ma victoire :
Je jure de te l'immoler ;
C'eft à toy de choifir le fang qui doit couler.

Les flots du Jourdain fe féparent, & font comme
deux remparts.

Que vois-je ? quel heureux préfage !
Le Ciel a reçû mon Serment ;
Jourdain, c'eft pour répondre à mon empreffement,
Qu'au travers de tes flots tu m'ouvres un paffage.

L'Armée fe raffemble auprès de Jephté au fon des Trompettes ; & Jephté à la tête des Ifraëlites, paffe le Jourdain,
pour aller combattre les Ammonites.

FIN DU PREMIER ACTE.

ACTE SECOND.

Le Theâtre repréſente le Palais de JEPHTE'.

SCENE PREMIERE.

AMMON, ABNER.

ABNER.

Eigneur, tous les moments ſont chers ;
La Tribu d'Ephraim a briſé vôtre chaîne,
Les chemins ſont encore ouverts ;
Hâtez-vous , prévenez vôtre perte certaine,
Quittez ce dangereux ſéjour.

AMMON.
Puis-je quitter des lieux où m'attache l'Amour?
ABNER.
Quoy? cette ame ſi fiere, à l'Amour eſt ſoûmiſe!
AMMON.
Eh ! quel cœur peut tenir contre un regard d'Iphiſe.

B ij

ABNER.

La Fille de Jepthé !

AMMON.

Je sçais qu'un Dieu cruel
A son hymen me défend de prétendre,
Et met entre nos cœurs un obstacle éternel.

ABNER.

Ah ! fuyez donc sans plus attendre.

AMMON.

Envain à mon secours j'appelle ma fierté,
Un trop charmant Vainqueur tient mon ame affervie;
Helas ! c'est pour toute ma vie
Que j'ay perdu ma liberté.

ABNER.

Tandis que du Jourdain le malheureux Rivage
Est encore inondé du plus affreux ravage,
Vous étes libre dans ces lieux ;
Mais enfin , si Jephté revient victorieux,
Craignez la mort ou l'esclavage.

AMMON.

Je n'attens en ces lieux qu'un supplice éternel;
Mais l'esclavage , la mort même,
N'ont rien pour moy de si cruel,
Que l'absence de ce que j'aime.

Non ; dûſſay-je perir , rien ne peut m'ébranler :
Je vois la Beauté que j'adore ,
Il eſt temps de luy réveler
Le feu ſecret qui me dévore ;
Pour la premiere fois , je commence à trembler.

SCENE II.

AMMON, IPHISE, ABNER.

IPHISE, à part.

JE vois Ammon , évitons ſa preſence.

AMMON.

Vous me fuyez !

IPHISE.

Eh ! ne le dois-je pas ?
La revolte & le crime accompagnent vos pas ;
Vous banniſſez des cœurs, la paix & l'innocence.

AMMON.

Calmez vos injuſtes rigueurs :
Si l'on doit meriter un courroux implacable,
Pour troubler le repos des cœurs ;
Qui de nous eſt le plus coupable ?

JEPHTE',

IPHISE.

Téméraire, arrêtez.

AMMON.

Non, non, jusqu'à ce jour,
Pour garder un cruel silence,
Je n'ay fait à mon cœur que trop de violence ;
Je n'y puis, plus long-temps, renfermer tant d'amour.

IPHISE.

Grand Dieu, ton Ennemy m'ose dire qu'il m'aime,
Et je soûtiens encor sa présence en ces lieux !

AMMON.

Eh quoy ? de vous aimer, je fais mon bien suprême,
Et je vous deviens odieux !

IPHISE.

Vous attaquez nos Loix, nos Peuples, ma Famille,
Mon Dieu même, ce Dieu que je dois redouter....
Helas ! si sur le Pere il punissoit la Fille
Du crime de vous écoûter,....
Fuyons,

AMMON.

C'en est donc fait, nul espoir ne me reste.

IPHISE.

Non, non, n'arrêtez point mes pas.

AMMON.

Grands Dieux !

IPHISE.

Ne les reclame pas
Ces Dieux que je déteste.

AMMON.

Le Dieu que vous servez fût autrefois le mien ;
Mais ce Dieu pour jamais nous a fermé son Temple :
Dieu cruel, mon crime est le tien.

IPHISE.

Arrête ; à l'Univers crain de servir d'exemple ;
Outrage à ton gré tes faux Dieux ;
Mais au Dieu d'Israël, ne livre point la guerre ;
Il regit la Terre & les Cieux ,
Et sur le sacrilege il lance le Tonnerre ;
Tremble ; son bras vangeur est prêt à t'immoler.

AMMON.

Je ne crains que de vous déplaire.

IPHISE.

Sauve-toy de ces lieux.

AMMON.

Il faut vous satisfaire ;
Mais, dût ce Dieu cruel à vos yeux m'accabler ;
Sa foudre me fait moins trembler
Que l'éclat de vôtre colere.

S C E N E I I I.

I P H I S E.

Qv'aye entendu ! j'en ay frémi ;
Seigneur, suspends sur luy ta foudre vangeresse ;
Que dis-je ? ah ! se peut-il que mon cœur s'interresse,
Pour ton implacable Ennemy ?

Mes yeux, éteignez, dans vos larmes
Des feux qui dans mon cœur s'allument malgré moy.

Tu vois mes mortelles allarmes,
Dieu puissant, j'ay recours à toy :
Pourquoy faut-il, helas ! que je trouve des charmes
Dans un fatal penchant, condamné par ta loy ?

Mes yeux, éteignez dans vos larmes,
Des feux qui dans mon cœur s'allument malgré moy.

SCENE IV.

SCENE IV.

ALMASIE, IPHISE.

ALMASIE.

MA Fille, je succombe à ma frayeur mortelle.

IPHISE.
Vous craignez les malheurs d'une guerre cruelle.

ALMASIE.
Je crains le celeste couroux ;
Il est prêt à tomber sur nous.

IPHISE.
O Ciel !

ALMASIE.

Un songe affreux m'épouvante & me glace;
Heureuse si l'horreur n'en étoit que pour moy !
Mais, helas ! c'est toy qu'il menace.

IPHISE.
Moy !

ALMASIE.
Par mon tendre amour, juge de mon effroy.

C

A peine, de ſes voiles ſombres,
La nuit avoit couvert les cieux ;
Un nüage éclatant s'eſt offert à mes yeux ;
Il brilloit ſur tes pas, tel qu'au milieu des ombres,
Il guidoit autrefois Moïſe & nos ayeux.
Je m'applaudiſſois du préſage ;
Vain eſpoir ! préſage plus vain !
Tout-à-coup, du fatal nüage,
Un éclair entr'ouvre le ſein ;
Tout m'annonce un affreux orage.
J'entends gronder la foudre ; elle part ; je la voy.
Je vole à ton ſecours ; elle tombe ſur toy.

I P H I S E.

Je tremble.

A L M A S I E.

Ecoûte-moy, ma Fille ;
Pour comble de malheur, Phinée en ce moment
Vient d'annoncer au Peuple un affreux châtiment ;
Le crime qui l'attire eſt dans nôtre famille.

I P H I S E, à part.

Ciel ! j'entends mon Arreſt ; vange-toy ; j'y conſens.

A L M A S I E.

Helas ?

I P H I S E.

Quel ſoûpir vous échape ?
Adorez le Dieu qui me frappe ;
Mes jours luy ſeroient chers, s'ils étoient innocents.

ALMASIE.

Quoy! vous seriez du ciel la coupable victime!
Parlez.

IPHISE.

Quand vous sçaurez mon crime,
Je n'en perdray pas moins le jour;
Il m'en coûtera vôtre amour.

ALMASIE.

Non, rien ne peut jamais vous ôter ma tendresse;
J'en atteste ces pleurs que vous faites couler.

IPHISE.

Plus je vous attendris, & moins j'ose parler.

ALMASIE.

Ouvrez-moy vôtre cœur; c'est moy qui vous en presse.

IPHISE.

Eh bien! apprenez ma foiblesse;
J'aime.... à ce mot, je sens une juste terreur;
J'aime... vous fremirez d'horreur,
Quand vous sçaurez l'Objet de ma foiblesse extrême.

ALMASIE.

Je frisonne, achevez.

IPHISE.

Ammon....

ALMASIE.

Arrêtez, c'est un crime même
Que d'avoir prononcé son nom.
Se peut-il jusques-là que ma Fille s'égare?
Quoy! de nos saints Autels le destructeur barbare....
Tremblez; je vois Abdon, que vient-il m'annoncer?

C ij

S C E N E V.

A L M A S I E , I P H I S E , A B D O N.

A B D O N.

La victoire.

A L M A S I E.

O Ciel ! puisse la main qui nous comble de gloire,
N'avoir jamais sur nous que des biens à verser !

               Bruit d'Instruments.

Quels doux concerts se font entendre ?

A B D O N.

Le bruit de nos Exploits que je viens de répandre,
Rassemble nos Peuples heureux.

A L M A S I E.

Iphise, à mon deffaut, presidez à leurs Jeux ;
Un saint devoir m'appelle au Temple.

I P H I S E.

J'y porteray bien-tost & mes pleurs & mes vœux.

A L M A S I E.

De l'Auteur de vos jours je vous laisse l'exemple ;
Si des Enfants d'Ammon il triomphe aujourd'huy,
Osez aspirer à sa gloire ;
Et pour être digne de luy,
Remportez sur vous-même une illustre victoire.

SCENE VI.

IPHISE, Troupe d'Habitans de MASPHA.

CHOEUR.

O Jour heureux ! ô Jour que l'Eternel a fait !
　　Qu'à son éclat chacun se réjoüisse ;
　　Que tout Israël applaudisse.
O jour heureux ! ô jour que l'Eternel a fait !
　　Chaque instant d'un jour si propice
　　Est pour nous un nouveau bienfait.
O Jour heureux ! ô Jour que l'Eternel a fait !

　　　　　　　　　　　　On danse.

Une Habitante de Maspha, alternativement avec le Chœur.
　　　　Nôtre crainte est bannie ;
　　　　Qu'une douce harmonie
　　　　S'éleve dans les airs.

　　　　Bruits terribles des armes,
　　　　Ne troublez plus les charmes
　　　　De nos sacrez Concerts.

　　　　　　　　　　　　On danse.

L'Habitante de Maspha, alternativement avec le Chœur.
　　　　Tout rit à nos vœux ;
　　　　　Soyons heureux ;
　　　　　Chantons sans cesse ;
　　　　　Favorable Paix,
　　Dans ces beaux lieux regne à jamais.

JEPHTE',

Que chacun s'empreſſe
De montrer ſon allegreſſe ;
Plaintes, larmes & ſoûpirs,
Changez-vous en plaiſirs.

Trompettes.

UN HABITANT DE MASPHA.

Le Vainqueur en ces lieux s'avance ;
Marchons ; courons le recevoir.

IPHISE, à part,

Je ne puis reſiſter à mon impatience ;
Seigneur, un ſeul moment, je ne veux que le voir,
Et je vole où m'appelle un plus ſacré devoir.

IPHISE ſuivi du Peuple, va au-devant de Jephté.

FIN DU SECOND ACTE.

ACTE TROISIEME.

Le Theâtre repréfente l'Avant-Cour du Palais de
Jephté, orné d'Arcs de Triomphe & d'Obelifques ;
On y voit un Thrône.

SCENE PREMIERE.

JEPHTE'.

JEPHTE', à fes GARDES.

ALlez ; retirez-vous ; ne fuivez point mes pas ;
Ciel ! j'ay vû ma Victime ; & ma bouche timide
N'a pû luy prononcer l'arreft de fon trépas.
Déteftable Serment où tant d'horreur préfide !

Helas ! quelle eût été la rigueur de mon fort,
    Si dans mon approche cruelle,
Mon Epoufe, ou ma Fille avoient trouvé la mort !
Almafie eft au Temple, Iphife eft avec elle ;
Ah ! j'en frémis encor, fans ce devoir pieux,
Leur deftin dépendoit d'un regard de mes yeux.

    O Toy, que mon ame attendrie
A laiffé fans obftacle, éloigner de ces lieux,
Quels pleurs tu vas coûter aux Auteurs de ta vie,
S'il faut que je rempliffe un Serment odieux !
    Mais je voy ma chere Almafie.

SCENE II.

JEPHTE', ALMASIE.

ALMASIE.

LE Ciel me rend enfin un Epoux glorieux,
    Tout céde au doux tranfport dont mon ame eft faifie.

JEPHTE'.

Que ce tranfport m'eft cher ! Je le fens comme vous ;
    Ma tendreffe eft toûjours la même :
Mais, les foins qu'après foy traîne le rang fuprême,
Troublent en ce moment le cœur de vôtre Epoux.
               ALMASIE.

ALMASIE.

Iphise est encor dans le Temple ;
Un saint devoir à mon exemple,
Aux pieds de l'Eternel vient de la prosterner :
Puisse-t-elle pour vous, dans cet heureux azile,
Obtenir cette paix tranquille
Que le monde ne peut donner !

IPHISE, paroît au fond du Theâtre.

SCENE III.

JEPHTE', ALMASIE, IPHISE.

JEPHTE', à part.

QVel trouble me saisit ! je revoy ma Victime,
Faut-il la punir de mon crime !

ALMASIE.

Approchez-vous, ma Fille.

JEPHTE'.
O Ciel ! que dites-vous ?
Vôtre Fille !

IPHISE, en s'approchant.
O moment trop doux !

D

Quelle gloire pour moy d'embraſſer un tel Pere!

J E P H T E', en reculant.

Je frémis.

I P H I S E.

Quel accueil!

A L M A S I E.

Quel funeſte courroux!

I P H I S E.

Vôtre préſence m'eſt ſi chere ;
Pourquoy détournez-vous les yeux?

J E P H T E'.

Je devrois les fermer à la clarté des Cieux.

I P H I S E.

O mon Pere, envers vous de quoy ſuis-je coupable?
Ay-je à vos yeux montré trop peu d'amour?
　　　Au bruit de vôtre heureux retour,
J'ay volé la premiere.

J E P H T E'

　　　Ah! c'eſt ce qui m'accable,
Et mon malheur eſt confirmé!

I P H I S E.

Vôtre malheur! parlez ; quelle douleur vous preſſe?
Me reprochez-vous ma tendreſſe ?

J E P H T E'.

Vous ne m'avez que trop aimé.

IPHISE.

Helas!

JEPHTE'.

Vôtre présence augmente mon supplice.
Eloignez vous.

ALMASIE.

Quelle est vôtre injustice !

JEPHTE', à ALMASIE.

Ostez-moy cet Objet ; il me perce le cœur.

ALMASIE.

Allez ma Fille , allez m'attendre
Sur ces bords où l'on voit le Jourdain se répandre.

IPHISE.

J'y vais pleurer mon crime & mon malheur.

✳✳

SCENE IV.

JEPHTE' , ALMASIE.

ALMASIE.

AUtant que je l'ay pû , j'ay gardé le silence ;
Mais il faut éclatter , dûssiez-vous m'en punir ;
De ma juste douleur souffrez la violence ;
Je ne puis plus la retenir.

D ij

JEPHTÉ.

Vôtre douleur est legitime ;
C'est vôtre Fille que j'opprime.
Mais je luy garde encor de plus funestes coups.

ALMASIE.

Ciel !

JEPHTÉ.

L'Eternel dans son couroux,
Me la demande pour victime.

ALMASIE.

Pour victime! ma Fille ! ô Ciel ! que dites-vous ?
De vos jours & des miens l'esperance derniere !
Elle vous fût si chere ; elle vous aime.

JEPHTÉ.

Helas !
Faut-il que cet amour, au-devant de mes pas,
L'ait fait avancer la premiere ;
Il la conduisoit au trépas.

ALMASIE.

Qu'entens-je ?

JEPHTÉ.

Aux yeux d'un Dieu terrible,
J'avois fait un Serment horrible.
Et mes premiers regards devoient être mortels ;
Ce Dieu s'en est vangé sur ma seule famille.
Entre tous les Hebreux, il a choisi ma Fille
Pour ensanglanter ses Autels.

ALMASIE.

Non; Dieu n'accepte pas un vœu si temeraire;
Mais, pensez-vous, Cruel, que nos saintes Tribus,
  Malgré vos ordres absolus,
Ne conserveront pas une Fille à sa Mere?
  Tout Israël luy servira de Pere,
  Puisqu'enfin vous ne l'êtes plus.

JEPHTE'.
Je ne le suis plus!

ALMASIE.
    Non, Barbare;
Eh! que luy sert un nom & si tendre & si doux,
Lorsque sur un Autel vôtre main se prépare
A verser tout le sang qu'elle a reçu de vous?
Non; dans la juste horreur qui de mon cœur s'empare,
Je ne reconnois plus pour l'Auteur de ses jours
Un ennemi fatal, prêt d'en trancher le cours.

JEPHTE'.
Quel transport!

ALMASIE.
    Ma douleur a trop de violence;
Mais vous devez vous-même approuver ce transport;
  Ma Fille pendant vôtre absence,
Sur vôtre heureux retour fondoit son esperance;
Helas! vous revenez pour lui donner la mort.

JEPHTE'.

Ah! loin de m'accabler, ne songez qu'à me plaindre ;
De mon Serment trahi, que n'aye point à craindre ?
Je me suis imposé d'indispensables loix ;
Si je ne suis barbare, il faut être perfide ;
Et je me vois réduit à l'execrable choix,
    Du parjure, ou du parricide.

ALMASIE.

Ne précipitez rien, consultez l'Eternel.

JEPHTE'.

Esperez-vous que ma voix le fléchisse ?

ALMASIE.

Puis-je croire que sa justice,
Vous force d'être criminel ?

ENSEMBLE.

Redoutable Dieu des vangeances,
Nos pleurs contre tes traits sont nos plus forts ramparts ;
Ah! si dans ta rigueur tu jugeois nos offenses,
Qui pourroit soûtenir un seul de tes regards ?

JEPHTE'.

Soûtien, Dieu Tout-puissant, le zéle qui m'enflame.
  à ALMASIE.
Le Peuple vient m'offrir un thrône glorieux ;
Laissez-moy dérober ma foiblesse à ses yeux,
Et calmer un moment le trouble de mon ame.

SCENE V.

ALMASIE.

POmpeux apprêts, lieux témoins de ma gloire,
   Ah!pourquoy l'êtes-vous encor de mes malheurs?

Vous m'annoncez un jour d'éternelle mémoire.
      Mais, helas! qui le pourroit croire?
Il me faut arroser & de sang & de pleurs
Les plus brillants lauriers que donne la victoire.

Pompeux apprêts, lieux témoins de ma gloire,
Ah! pourquoy l'êtes-vous encor de mes malheurs?

Equitable Vangeur des crimes de la terre,
Les fiers Enfants d'Ammon s'élevent jusqu'aux cieux;
Frappe; lance tes traits, fai tomber ton tonnerre
   Sur des Mortels audacieux,
   Qui t'osent déclarer la guerre.

            Bruit de Trompettes.
Quel bruit! fuyons. Grandeur, Thrône, suprême Rang,
Faut-il vous payer de mon sang!

S C E N E VI.

J E P H T E', P H I NE'E, Chefs des Tribus,
& leur Suite.

P H I N E' E.

*P*Euples, que le Ciel a fait naître,
Pour commander un jour aux plus superbes Roys ;
   Reconnoiſſez Jephté pour vôtre Maître ;
   Couronnez ſes heureux exploits.

   Pour le Vainqueur, ſignalez vôtre zele,
     Il fait le bonheur de ces lieux ;
    Celebrez ſa gloire immortelle,
    Que ſon nom vole juſqu'aux Cieux.

C H OE U R.

Pour le Vainqueur, ſignalons nôtre zele , &c.
On danſe.

Un HEBREU, alternativement avec le Chœur.

   Que nos chants dans les airs retentiſſent.
    Loin de nous, Soins fâcheux;
   La Paix vient combler nos vœux.

U N E I S R A E L I T E.

  Il eſt temps que nos craintes finiſſent,
    Nos plus fiers Ennemis
    Sont pour jamais ſoûmis.

U N E

UNE AUTRE ISRAELITE.

Qu'en ces lieux
Les concerts des Cieux
A nos voix s'uniſſent.
Chantons-tous, chantons à jamais
Le Dieu qui nous rend l'aimable Paix.

C H OE U R.

Que nos bois s'embelliſſent
Dans un jour ſi beau ;
Que nos champs refleuriſſent ;
Que tout ſoit nouveau.

Que nos chants dans les airs retentiſſent.
Loin de nous, Soins facheux ;
La Paix vient combler nos vœux.

P H I N E' E.

Jephté, ſi tu veux qu'on te craigne,
La crainte du Seigneur doit regler tes projets.
Ce n'eſt pas toy, c'eſt Dieu qui regne ;
Sois le premier de ſes ſujets.
Grave au fond de ton cœur ſa Parole éternelle ;
Tien ſans ceſſe tes yeux attachez ſur ſa loy ;
Dans ſes ſerments il eſt fidelle ;
Ne luy manque jamais de foy.

E

JEPHTE',

JEPHTE', à PHINE'E.

Ah ! du Maître des Rois, j'entends la loy suprême ;
Par vôtre bouche, il s'explique luy-même.

PHINE'E.

Quel trouble vous saisit !

JEPHTE'.

                O mortelle douleur !
Malheureux Pere ! helas !

PHINE'E.

            Quel funeste langage !

JEPHTE'.

Je seray fidele au Seigneur ;
N'en demandez pas davantage.

FIN DU TROISIE'ME ACTE.

ACTE QUATRIE'ME.

Le Theâtre repréſente un Jardin arroſé par des ruiſſeaux.

SCENE PREMIERE.

IPHISE.

Ruiſſeaux, qui ſerpentez ſur ces fertiles bords,
Allez loin de mes yeux répandre les treſors,
Qu'on voit couler avec vôtre onde.
Dans le cours de vos flots, l'un par l'autre chaſſez,

Ruiſſeaux, helas ! vous me tracez
L'image des grandeurs du monde.

Ruiſſeaux, qui ſerpentez, &c.

Mais quel accablement retient icy mes pas ?
Que j'ay peine à quitter cette paiſible rive !
Ah ! que le repos a d'appas !

E ij

Quels sons harmonieux ! l'Onde semble attentive ;
Oyseaux, dont le doux chant vient flatter mes douleurs,
Taisez-vous, ou du moins que vôtre voix plaintive
M'entretienne des maux qui font couler mes pleurs ;
 Que tout réponde à mes malheurs.

Elle se repose un moment sur un Lit de verdure.

En vain du doux sommeil, je veux goûter les charmes,
Ma douleur me rappelle à la clarté des Cieux ;
 Et c'est pour répandre des larmes,
 Que j'ouvre encor mes tristes yeux.

S C E N E II.

I P H I S E, E L I S E.

E L I S E.

LEs Habitans de ces belles retraites
Viennent faire éclater l'ardeur qu'ils ont pour vous,
Au son charmant de leurs musettes.

I P H I S E.

Bergers, que vôtre sort est doux !
Vous étes plus heureux que nous.

SCENE III.

IPHISE, ELISE, Compagnes d'IPHISE,
Troupe de BERGERS & de BERGERES.

CHOEUR.

NOus vivons dans l'innocence ;
Quel bonheur a plus d'attraits !
Nous avons la joüiſſance
Des vrais biens, des biens parfaits ;
Sans l'éclat de la naiſſance,
C'êſt pour nous qu'ils ſemblent faits.

On danſe.

UNE BERGERE, alternativement avec le Chœur.

Que tout brille en ce boccage ;
Ce gazon, ces fruits, ces fleurs ;
Que tout rende un tendre hommage
A qui regne ſur nos cœurs.

Des oyſeaux le doux ramage
Nous enchante dans ces lieux ;
Tout y rend un juſte hommage
Au plus cher préſent des Cieux.

IPHISE.

J'aime à voir vos soins empressez ;
Mais à l'Auteur de la nature,
Vos chants doivent être adressez ;
Ces fruits, ces fleurs, cette verdure,
Tout appartient à ce suprême Roy ;
Il en demande les prémices :
Pour attirer sur vous des regards plus propices,
Immolez-luy vos cœurs, c'est sa premiere Loy ;
Puissiez-vous dans vos sacrifices
Estre plus fidelles que moy !

CHOEUR.

Que le Ciel, que la Terre & l'Onde,
Chantent les bienfaits du Seigneur ;
Que tout annonce la grandeur
Du Dieu qui fait le fort du monde :
Chantez, Oyseaux, secondez-nous,
Ses soins descendent jusqu'à vous.

SCENE IV.

ALMASIE, & les Acteurs de la Scene précédente.

ALMASIE.

FInissez vos chants d'allegresse.

CHOEUR.

O Ciel ! d'où vient ce changement ?

ALMASIE.

Puissiez-vous ignorer le malheur qui nous presse !
Bergers, éloignez-vous, laissez-nous un moment.

SCENE V.

ALMASIE, IPHISE, Compagnes d'IPHISE,
au fond du Theâtre.

IPHISE.

QUels malheurs ay-je à craindre encore ?

ALMASIE.

Ma Fille, ah !....

IPHISE.

Que m'annonce en ce fatal moment,
Ce soûpir ? ce gemissement ?

Grand Dieu, c'est vous seul que j'implore.

JEPHTE',

ALMASIE.

Par le grand-Prêtre & par Jephté,
L'Eternel à mes yeux vient d'être confulté ;
Que d'horreurs à la fois ! je tremble à te le dire ;
Le Ciel s'ouvre ; l'Autel que je vois s'ébranler,
Semble fe refufer au fang qui doit couler ;
Le voile facré fe déchire ;
Le Grand-Prêtre faifi d'effroy,
Jette un fombre regard fur ton Pere & fur moy ;
Vers l'Arche redoutable, en tremblant il s'avance ;
Il l'interroge fur ton fort ;
l'Arche garde un trifte filence ;
Et ce filence eft l'Arreft de ta mort.

IPHISE.

Je dois mourir, helas ! mon amour eft mon crime.

ALMASIE.

Pour prix de nos heureux exploits,
On a promis une victime ;
Et le Ciel fur toy feule a fait tomber fon choix.

IPHISE.

Ah ! c'eft affez m'en faire entendre ;
C'eft par ma mort que vous vivez !
Faites dreffer l'Autel ; je brûle d'y répandre
Un fang qui vous a tous fauvez.

Puiffai-je

Puiſſay-je déſarmer la celeſte vangeance!

ENSEMBLE.

Seigneur , tout Mortel qui t'offenſe
Doit être accablé ſous tes coups :
Mais, prêt d'exercer ton courroux ,
Reſſouvien-toy de ta clemence.

ALMASIE.

Dieu redoutable , exauce-nous.
Ma Fille , par tes pleurs, obtien qu'il s'attendriſſe ;
Moy , je vais retarder le fatal ſacrifice.

SCENE VI.

IPHISE, Compagnes d'IPHISE, au fond
du Theâtre.

IPHISE.

C'En eſt donc fait ; bientôt cette Terre , ces Cieux,
Ce Soleil ; pour jamais tout ſe voile à mes yeux!

Malheureux un cœur qui ſe livre
Au vain bonheur qui vient s'offrir !
A peine je commence à vivre ,
Qu'il faut me réſoudre à mourir.

E

Du comble des Grandeurs, dont l'éclat m'environne,
Je cours d'un pas rapide à mes derniers inftants ;
Je reffemble à ces fleurs que l'Aquilon moiffonne
  Dès le premier jour du Printemps.

  Malheureux un cœur qui fe livre
  A u vain bonheur qui vient s'offrir !
  A peine je commence à vivre,
  Qu'il faut me refoudre à mourir.

          Symphonie trifte.

Quels pleurs! Confolez-vous, mes fidelles Compagnes ;
La mort, de mes malheurs, va terminer le cours.

C H OE U R.

Pleurons, levons les yeux vers les faintes Montagnes,
  D'où peut venir nôtre fecours.

S C E N E VII.

I P H I S E, A M M O N.

A M M O N.

*L*E *fecours eft tout prêt.*

I P H I S E.

    Que voy-je ?

A M M O N.

       Belle Iphife,
Le jufte Ciel nous favorife ;

La Tribu d'Ephraïm vient de s'armer pour vous.

IPHISE.

Qu'entens-je?

AMMON.

Vous vivrez, ou nous perirons tous.

IPHISE.

Va; fuy; tes secours font des crimes;
Laisse au Dieu que je fers le choix de ses victimes.

AMMON.

Quel choix! en l'apprenant, son Peuple en a frémi;
Et vous obëïriez à ce Dieu fi barbare!

IPHISE.

Va; quelque fort qu'on me prépare,
Je n'ay que toy seul d'ennemi.

AMMON.

Vous croyez que Jephté, que vôtre Dieu vous aime,
Lorsque fur un Autel ils vont vous immoler!
Sauvez-vous.

IPHISE.

Sauve-moy feulement de toy-même,
Et je n'auray plus à trembler.

A M M O N.

Quel arrêt! c'en est trop ; je ne puis y survivre ;
A tout mon desespoir vôtre haine me livre ;
On a juré ma mort ; vous ne l'ignorez pas;
  Mon sang versé pourra suffire
A l'injuste fureur qui contre vous conspire ;
Et je vous sauveray du moins par mon trépas.

I P H I S E.

Ah! Prince , où courez-vous ? qu'allez-vous entre-
  prendre ?
Ce n'est pas vôtre sang qu'on demande en ces lieux.

A M M O N.

  Eh! puis-je assez-tôt le répandre ?
  Ce sang qui vous est odieux!

I P H I S E.

Helas !

A M M O N.

  Vous soûpirez ! mon sort vous interesse !
Ah ! suis-je en ce moment au comble de mes vœux ?
Belle Iphise , est-ce à moy que ce soûpir s'adresse ?
Et de tous les Mortels , suis-je le plus heureux ?

I P H I S E.

O Ciel!

A M M O N.

Vous vous troublez !

I P H I S E.

    Dis plus-tôt que je tremble;
Tu me fais entrevoir tous les malheurs ensemble.

Tu vois un Dieu vangeur ordonner mon trépas,
Et peut-être, punir mes malheureux appas
Du crime de t'avoir sçû plaire ;
Si je pouvois t'aimer, que ne craindrois-je pas ?
Je fremirois de sa colere.

AMMON.

C'est trop me cacher mon bonheur ;
Aimez-moy, suivez-moy; vous n'avez rien à craindre.

IPHISE.

Moy, t'aimer ! Moy, te suivre ! ah ! connois mieux mon
  cœur ;
Si ce cœur malheureux t'avouoit pour vainqueur,
Tu n'en serois que plus à plaindre.

AMMON.

Non, je n'écoûte rien ; marchons.

IPHISE.

Que prétends-tu ?
Apprends que, pour sentir une fatale flamme,
Un grand cœur n'est pas abbatu ;
L'Amour peut entrer dans une ame,
Sans triompher de la vertu.

A M M O N.

O Vertu qui m'enchante, & qu'en tremblant j'admire!
Barbare! elle ne prend sur vous que trop d'empire ;
    Mais, elle ne vous sauve pas ;
Venez ; il faut me suivre.

I P H I S E.

          Arrête, Ammon, arrête ;
  Je crains moins la mort qu'on m'apprête,
  Que l'horreur de suivre tes pas.

A M M O N.

Dieux! mais ne croyez pas que je vous abandonne ;
Qu'il s'arme contre moy, qu'il éclatte, qu'il tonne ;
Ce Dieu qui vous opprime, & par qui je vous perds ;
La vangeance à la main, j'entreray dans son temple,
    Dussai-je y laisser un exemple
    Qui fasse trembler l'univers.

                      Il sort.

I P H I S E.

Je frémis du danger, où son amour l'engage ;
Ah ! courons à l'Autel, pour prévenir sa rage.

FIN DU QUATRIE'ME ACTE.

ACTE CINQUIEME.

Le Theâtre repréfente la partie exterieure
du Temple. On y voit un Autel dreffé.

SCENE PREMIERE.

ALMASIE.

O U vais-je ? où s'égarent mes pas ?
Je rencontre par tout l'image du trépas ;
Rien ne s'offre à mes yeux, dont mon cœur ne friffonne ;
Eft-ce pourtant d'horreur que nos Temples font faits ?
Ils font l'azile de la paix,
Et la guerre les environne !

Elle voit l'Autel.

Où fuis-je, Infortunée, ah ! qu'eft-ce que je voy ?
Ma Fille, cet Autel eft-il dreffé pour toy ?

Quel tourment ! tout m'afflige, & rien ne me console ;
Du glaive qui t'attend, je me sens déchirer ;
C'en est fait ; je succombe, & ma douleur m'immole
Au pied du même Autel où tu dois expirer.

Elle tombe sur l'Autel.

Azile aux malheureux, toûjours si favorable,
Ecoûte mes tristes accents ;
Non, tu ne vis jamais de douleur comparable
A la douleur que je ressens.

C'est sur moy seule, helas ! que tous les cœurs gemissent ;
Pour moy, tous les yeux font en pleurs ;
Entends ces cris perçants dont tes voûtes frémissent,
Tout parle icy de mes malheurs.

Azile, aux malheureux, &c.

S C E N E   II.

J E P H T E', A L M A S I E.

J E P H T E', à part.

MA Fille va mourir ! ô déplorable Pere !

A L M A S I E.

Pourrez-vous l'immoler, cette Fille si chere ?

J E P H T E'.

JEPHTE'.

Je l'attends à l'Autel.

ALMASIE.
Helas ?

JEPHTE'.

Eloignez-vous.

Ma douleur n'est que trop pressante :
Voulez-vous que je la ressente ,
Et comme Pere , & comme Epoux ?
Sortez.

ALMASIE.
Que je vous abandonne !

JEPHTE'.

Pour la derniere fois , sortez ; je vous l'ordonne.

✳✳

SCENE III.

JEPHTE'.

SEigneur , un tendre Pere , à tes ordres soûmis ,
Fût prêt à t'immoler son Fils ;
Tu vois même tendresse & même obéïssance ;
Ah ! que ne puis-je me flatter
D'obtenir la même clemence ,
Que pour luy tu fis éclatter ?
J'ay fait dresser l'Autel , & j'attends la victime ;
Mon cœur frémit du sang que tu vas recevoir ;
Mon sacrifice est un devoir ;
Mais , helas ! mon serment n'en est pas moins un crime.

G

SCENE IV.

JEPHTE', IPHISE.

IPHISE, aux Peuples qui s'opposent à son passage.

Non ; cessez de me retenir.
à JEPHTE.

Seigneur, pardonnez à leur zéle ;
Ce Peuple en me sauvant, croit vous être fidelle ;
Et de sa trahison, c'est moy qu'il faut punir.

JEPHTE'.

Ma Fille, eh ! de quel nom ma bouche encor t'appelle,
Quand c'est moy qui t'arrache à la clarté des Cieux !
Ah ! que tu vas coûter par ta perte cruelle,
De soûpirs à mon cœur, & de pleurs à mes yeux !
La source en doit être éternelle.

Non, rien ne doit jamais en arrêter le cours ;
Tu meurs, & c'est moy qui l'ordonne ;
Le temps pour ma douleur est un foible secours ;
Et cette mort que je te donne,
Je la recevray tous les jours.

IPHISE.

C'en est trop, il est temps que je vous justifie.
Le coup mortel que je reçoy,
Ne doit être imputé qu'à moy ;
Et c'est moy qui me sacrifie.

JEPHTE'.

Toy ! qu'entends-je ?

IPHISE.

Mon cœur vous doit ces derniers soins ;
Du céleste courroux trop coupable victime ;
Il faut, par l'aveu de mon crime,
Vous laisser un regret de moins.
Un Ennemi trop cher qu'il faut que je déteste,
A fait naître en mon cœur une flâme funeste ;
Ammon.....

JEPHTE'.

Ah ! le perfide ! il en perdra le jour.

IPHISE.

Helas !

JEPHTE'.

Quoy ? tu le plains !

IPHISE.

Dieu puissant que j'implore,
Pardonne ce soûpir encore ;
Et fai-moy triompher d'un malheureux amour.

JEPHTE'.

Ciel, fay grace à ma Fille, & me prends pour victime.

IPHISE.

Vous, Seigneur ! je frémis d'effroy :
Est-ce à vous d'expier mon crime ?

ENSEMBLE.

Mes cris s'élevent jufqu'à toy,
Dieu vangeur, c'eft moy qui t'offenfe;
En puniffant le crime, épargne l'innocence;
Et fi tu dois frapper, ne frappe que fur moy.

CHOEUR de Rebelles, conduits par Ammon, derriere le Theâtre.
Qu'on nous ouvre un paffage.

JEPHTE'.   LE CHOEUR repete.
Quel bruit affreux!   Qu'on nous ouvre un paffage.

JEPHTE'.

Quoy? jufqu'aux faints Autels Ammon porte l'outrage!
Grand Dieu, pourras-tu le fouffrir?

SCENE V.

JEPHTE', PHINE'E, ALMASIE,
IPHISE; Troupe de Prêtres & de Lévites.

CHOEUR de Rebelles, conduits par Ammon, derriere le Theâtre.

Que rien n'arrête nôtre rage,
Qu'on nous ouvre un paffage:
CHOEUR de Prêtres & de Lévites.
Grand Dieu! daigne nous fecourir.

IPHISE.

Miniftres des Autels, vos malheurs font mon crime;
Je vous livre vôtre victime.

IPHISE entre dans le Sanctuaire.

ALMASIE.

Témoin de fa vertu, Ciel, daigne t'attendrir.

LE CHOEUR des Rebelles.

Que rien n'arrête nôtre rage;
Qu'on nous ouvre un paſſage.

LE CHOEUR des Prêtres & des Lévites.

Grand Dieu! daigne nous ſecourir.

JEPHTE'.

Je vais vous deffendre ou périr.

PHINE'E, à JEPHTE'.

On entend gronder le Tonnerre.
Arrête. Le Tonnerre gronde.
Où porte-tu tes pas ? l'Eternel offenſé
A-t-il beſoin qu'un Mortel le ſeconde?
D'un ſeul de ſes regards tout ſera terraſſé;
Tout ſera mis en cendre;
Le Ciel s'ouvre; j'en vois deſcendre
Le Miniſtre de ſa fureur;
Malheureux, fremiſſez d'horreur.

On voit tomber du Ciel, un globe de feu.

CHOEUR.

Eſprit de feu, lance la foudre;
Vange ton Dieu, ſers ſon courroux;
Réduis ſes Ennemis en poudre;
Mais ſur des cœurs ſoûmis, ne porte pas tes coups.

LE CHOEUR des Rebelles.
Ciel! ô Ciel! nous périssons-tous.
JEPHTÉ.
Seigneur, puisse leur sang suffire à ta vangeance!
PHINÉE.
Tremble, la victime s'avance.

✳✳✳✳✳✳✳✳✳✳✳✳✳✳✳✳✳✳✳✳✳✳✳✳✳✳✳✳✳✳✳✳

SCENE DERNIERE.

PHINÉE, JEPHTÉ, ALMASIE, IPHISE, Troupe
de Prêtres & de Levites.

CHOEUR.
*F*Avorable & terrible jour,
Du Seigneur des Seigneurs, annonce la puissance.
Il fait éclater sa vangeance;
Mais ce n'est qu'après son amour.
IPHISE, à l'Autel.
Je meurs; mon sort est trop heureux,
Si j'ay trahi le Ciel par de coupables feux;
La gloire de ma mort en secret me console;
Grand Dieu, je descends au tombeau;
Mais, j'y porte un cœur tout nouveau;
C'est à vous seul que je m'immole.

PHINÉE.
Quel funeste appareil! quel Autel! quelle offrande!
Quel sacrificateur! ah! d'horreur j'en frémis!
Malheureux Pere, approche; & que ta main répande
Le sang que ton cœur a promis.

TRAGEDIE.
JEPHTE'.

Moy! ferois-je affez barbare....

PHINE'E, en luy prefentant le facré coûteau.

Le Tonnerre gronde.

Frappe. Mais quel effroy de mon ame s'empare !
Quel bruit, tout frémit comme moy ;
Le Dieu qui fait trembler & le Ciel & la Terre,
Tel qu'au Mont Sinaï, par la voix du Tonnerre,
Va-t'il faire entendre fa loy ?
Ecoûtons. quel bonheur ! il me parle ; il m'infpire ;
Je le vois qui fufpend le trait prêt à partir ;
C'en eft fait ; fa colere expire ;
C'eft l'ouvrage du repentir.

Le Dieu que nous fervons rejette un facrifice,
Où le fang humain doit couler ;
Au pied de fes Autels, pour le rendre propice,
C'eft à nos cœurs à s'immoler.

CHOEUR.

Ah! quels bienfaits fur nous, fa main vient de répandre !
Et que de graces à luy rendre !

FIN DE LA TRAGEDIE.

APROBATION.

J'AY lû par ordre de Monfeigneur le Garde des Sceaux ; La Tragedie de JEPHTE', *tirée de l'Ecriture Sainte*, dont on peut permettre l'Impreffion. Fait à Paris le quinziéme Decembre mil fept cent trente-un. Signé CHERIER.

PRIVILEGE DU ROY.

LOUIS par la grace de Dieu, Roy de France & de Navarre : A nos amez & feaux Conseillers , les Gens tenant nos Cours de Parlement , Maîtres des Requêtes ordinaires de nôtre Hôtel , Grand Conseil , Prevôt de Paris , Baillifs , Sénéchaux , leurs Lieutenans-Civils , & autres nos Justiciers qu'il appartiendra , Salut. Les Sieurs Besnier, Avocat en Parlement , Chomat , Duchesne , & de la Val de S. Pont , Bourgeois de nôtre bonne Ville de Paris ; Nous ont fait remontrer , qu'en consequence de l'Arrest de nôtre Conseil du 12. Decembre 1712. du Traité fait entr'eux & les Sieurs de Francine & Dumont, le 24. desdits Mois & An , & de nos Lettres Patentes du 8. Janvier ensuivant , confirmatives dudit Traité ; Ils auroient acquis le Privilege , de faire representer les Opera durant le temps de vingt années , à compter du 20. Août 1712. ainsi que le Privilege de la vente des Paroles desdits Opera , lesquelles ils desireroient faire imprimer pour les donner au Public , s'il Nous plaisoit leur accorder nos Lettres de Privilege sur ce necessaires : A ces causes ; desirant favorablement traiter les Exposants , attendu les charges dont l'Academie Royale de Musique se trouve oberée , & les grandes dépenses qu'il convient de faire , tant pour l'Impression que pour la Gravûre en Taille-douce des Planches dont ce Livre sera orné ; Nous leur avons permis & permettons par ces Presentes , de faire imprimer & graver les Paroles & la Musique de tous lesdits Opera , qui ont été ou qui seront representez par l'Academie Royale de Musique , tant separément que conjointement , en telle forme , marge , caractere , nombre de Volumes & de fois que bon leur semblera, & de les vendre & debiter par tout nôtre Royaume pendant le temps de dix-neuf années consecutives , à compter du jour de la datte desdites Presentes. Faisons défenses à toutes personnes , de quelque qualité & condition qu'elles puissent être , d'en introduire d'impression étrangere , dans aucun lieu de nôtre obéïssance : Et à tous Imprimeurs , Libraires , Graveurs , & autres , d'imprimer , faire imprimer , vendre , faire vendre , débiter ny contrefaire lesdites Impressions , Planches & Figures , en tout ny en partie , sans la permission expresse & par écrit desdits Sieurs Exposans , ou de ceux qui auront droit d'eux , à peine de confiscation des Exemplaires contrefaits , de six mille livres d'amende contre chacun des Contrevenants , dont un tiers à Nous , un tiers à l'Hôtel-Dieu de Paris , l'autre tiers ausdits Sieurs Exposans , & de tous dépens , dommages & interests , à la charge que ces Presentes seront enregistrées tout au long sur le Registre de la Communauté des Imprimeurs & Libraires de Paris , & ce dans trois Mois de la datte d'icelles ; que la gravûre & impression desdits Opera sera faite dans nôtre Royaume & non ailleurs , en bon papier & en beaux caracteres , conformément aux Reglemens de la Librairie , & qu'avant de les exposer en vente , il en sera mis deux Exemplaires dans nôtre Bibliotheque publique , un dans celle de nôtre Château du Louvre , un autre dans celle de nôtre tres-cher & feal Chevalier Chancelier de France , le Sieur Phelypeaux , Comte de Pontchartrain , Commandeur de nos Ordres ; Le tout à peine de nullité des Presentes ; Du contenu desquelles vous mandons & enjoignons de faire joüir lesdits Sieurs Exposans , ou leurs Ayants-cause , pleinement & paisiblement , sans souffrir qu'il leur soit fait aucun trouble ou empeschement. Voulons que la Copie desdites Presentes, qui sera imprimée au commencement ou à la fin desdits Opera , soit teruë pour dûëment signifiée ; & qu'aux Copies collationnées par l'un de nos amez & feaux Conseillers & Secretaires, foy soit ajoûtée comme à l'Original. Commandons au premier nôtre Huissier ou Sergent , de faire pour l'execution d'icelles tous Actes requis & necessaires , sans demander autre permission , & nonobstant Clameur de Haro , Charte Normande & Lettres à ce contraires. Car tel est nôtre plaisir. Donné à Versailles le vingtiéme jour d'Août l'An de Grace mil sept cent treize , & de nôtre Regne le soixante-onziéme , Par le Roy en son Conseil. Signé Besnier, avec paraphe , & scellé.

Registré sur le Registre N°. III. de la Communauté des Libraires & Imprimeurs de Paris, Page 648 N°. 741. conformément aux Reglemens, & notamment à l'Arrest du 30. Août 1703. Fait à Paris ce 12. Septembre 1713. Signé, L. JOSSE, Syndic.

Par Traité passé , DE L'ORDRE DU ROY, pardevant Notaires , le 22. Novembre 1727. entre l'Academie Royale de Musique , & le Sr. BALLARD , Seul Imprimeur du Roy , &c. Il est Cessionnaire de ladite Academie , pour ce qui regarde les Livres mentionnez au Privilege cy-dessus.

www.ingramcontent.com/pod-product-compliance
Lightning Source LLC
Chambersburg PA
CBHW071248210626
46818CB00013B/603

9 7 8 2 0 1 9 6 1 3 7 8 5